这一刻我爱上你

雒武　著

图书在版编目(CIP)数据

这一刻我爱上你 / 雒武著. —天津:天津大学出版社,2016.6(2019.1重印)
（新诗丛）
ISBN 978-7-5618-5523-2

Ⅰ.①这… Ⅱ.①雒… Ⅲ.①诗集－中国－当代 Ⅳ.①I227

中国版本图书馆CIP数据核字(2016)第102090号

出版发行	天津大学出版社
地　　址	天津市卫津路92号天津大学内(邮编:300072)
电　　话	发行部:022-27403647
网　　址	publish.tju.edu.cn
印　　刷	廊坊市海涛印刷有限公司
经　　销	全国各地新华书店
开　　本	148mm×210mm
印　　张	6.875
字　　数	80千
版　　次	2016年6月第1版
印　　次	2019年1月第2次
定　　价	28.00元

凡购本书，如有缺页、倒页、脱页等质量问题，烦请向我社发行部门联系调换

在生活中倾听灵魂的诉说

——评雒武诗集《这一刻我爱上你》

房伟

雒武兄是我多年的好友，他从事诗歌创作多年，成绩斐然，这本诗集也是他多年心血的结晶。他总能在生活流的平淡之中，发现生活的荒诞与诗意的可能性。很难用一句话来概括雒武诗集《这一刻我爱上你》的主题。这本诗集承载的内容太多太广，有的轻盈，有的沉重，既有作者对世界的个人化的理解，也有作者对人生况味的深沉思索，更有作者对内心最隐秘之处的真诚袒露和自我感情的真实表达。雒武用精炼而有张力的口语入诗，注重诗歌的情感性与思想性，这使得作品既明白晓畅，又充满着哲理的韵味和热烈的感情。雒武笔下的每一首诗都是在与灵魂对话，这种对话是与世界灵魂的对话，与他人灵魂的对话，更是与自我灵魂的对话。

一是个人真情的自觉表达。充满了个人的真实情感是雒武诗集《这一刻我爱上你》的一大特点。在诗集中，雒武吐露出了自我内心最真实的律动，"爱"便是雒武真情的直接表达方式。这爱的对象既包括亲人挚爱，也包括过往、路人和自然万物。在《这一刻我爱上你》一章中，作者抒发最多的是对自己亲人的爱恋之情，这种爱的表现形式是多样而又富有内涵的：一场梦、一个手势、一串数字、一个普通的日子……在作者的笔下都变成了联结感情的屡屡心线。如在《11 月 7 日》一诗中，诗人热情地诉说道：春节 / 元旦 / 五一 / 十一 / 和我们有关也无关/11月7日/是属于我们自己的节日。11月7日是诗人与妻子结识的日子，在诗人的眼中，这个只属于两个人的特殊日子其意义要大于普天同庆的节日，对妻子的爱恋之情溢于言表。与之相类似的还有《我的四叔》和《噩梦中惊醒》，分别表达了对四叔和母亲的真挚感情。

除了表达对亲人的爱恋之情，雒武的诗中还饱含着对过往的不舍和对路人的真诚祝愿。在《感情线》《突然听到一个我曾爱过的人的消息》和《直到再次把你忘记》当中，作者抒发了对过往朦胧的感情。这种感情中包含着怀念、不舍和别离的决绝，尤其令人心动。正如雒武所言：纽扣正面布满尘垢/翻过来却油亮如新。虽是过往，但再次想起仍会激起作者内心淡淡的哀伤，就像剥去苔藓便能看到的顽石上的淡淡的刻痕一般。与之相较，《一对环卫工的婚礼》则写得相对质朴，平凡而又神圣的爱情寄托了作者对人生无限的思考。

在雒武表现感情、表达爱的诗篇当中，最精彩的当属那些借物抒情的小诗，这些诗不仅感情充沛，而且写得饶有趣味，富含哲理。在《两条互相凝望的铁轨》一诗中，铁轨成为了矢志不渝的坚贞爱情的象征：它们铁青着自己的脸/它们任一列列列车从上面辗过/它们保持着从一而终的心态……到被废弃的那一刻/也没有改变。与之类似，《爱你一万年》由合葬墓引发想象，同样赞美了恒久的爱情。《中秋的石榴》利用巧妙的比喻，含蓄地抒发了诗人的爱恋之情：我家门前正有这样一株/她植于我娶妻时/转眼间/这株树已生长了五年。这不禁让人联想到《项脊轩志》中枇杷树的亭亭如盖，在写法上可谓异曲同工。

二是生命日常的感官体悟。雒武的诗中不仅有真挚感情的喷发，也有对生命细部的敏锐体察。在《真相》《过客》《明白》和《我只能眼看着这一切发生》等章节中，作者通过细致的观察，对日常中不为人所关注的许多现象进行了书写。《天气预报》和《心疼指数》表现了人与人之间的隔膜："我"家中的电视机上和街头流浪汉裹身用的报纸上同样都显示着零度的气温，但真实的体悟在二人看来却是如此的遥远；而贵妇人"爱我者爱我狗"的行为方式更是让作者得出了"人和人之间的距离常常远远超过人和动物"的结论。《窗帘》和《新年开始了，一切都是旧的》表现了作者对不断重复的庸俗而又略显丑陋的现实的反映：放下揭开 / 揭开放下 / 一生都在周而复始。《牛》《快速公路》和《十几年我的老家已面目全非》表现了在飞速前进的现代化进程中作者所体验到的疼痛感。《无车日》表达了作者对和谐人际关系的美好期许。《女人的头发》表达了诗人对勤劳而不为人记住的美好女性的赞美。《背后》表现了人对于永远也无法发现的真实的困窘……

值得注意的是，诗人对文学独特的敏感性使得他总能"于无声处听惊雷"，《天亮前一切都被清除干净》《深夜，风看到了世界的真相》《凌晨三点，是个有故事的时刻》及《夜雨》这一组诗写得韵味十足，在漫长漆黑的深夜里，有着多少不为人知的秘密啊：离开抽屉的工具 / 梦中泄露的呓语 / 沾染了污垢的手指 / 被欲望浸泡的瞳孔。诗人用他那双独特的眼睛，洞悉了黑夜中的不可见之物。与顾城"黑夜给了我黑色的眼睛 / 我却用它寻找光明"不同，雒武用展示的方式为我们描绘出一派熟悉而又陌生的景象，促使我们去发现那平静之下的暗潮汹涌。另外，诗人还写了一些颇有生活气息而又富有哲理的小诗。如在《竹筒里的筷子》当中，作者由十六双筷子想到了道家的八八六十四种变化，由此念及人生，充满了传统文化的气息；《闰秒》则赋予时间以生命，在无情的时光中留下了一丝真情……

三是人生况味的深沉思索。"人生"是诗人们探索和表现的永恒的话题，在诗集《这一刻我爱上你》当中，雒武抒发了自我独特的人生体验。这种体验贯穿于诗集的各个章节中，形成了一个不可分割的整体。《这一刻我爱上你》是雒武选作诗集名称的作品。在这首直白的爱情诗作中，我们可以清晰地看到作者不羁的人生观：这一刻我爱上你 / 我是说这一刻……我完全不在乎你……是多么贤惠善良还是多么邪恶淫荡 / 这一刻我爱上你 / 只这一刻。感性和理性有时是不相兼容的，这一刻，诗人笔下的“我”爱上了“你”，那便抛开一切去爱，不管对方是热情如火的吉普赛女郎还是冰冷如霜的白雪公主，“爱”便是人生的真谛，爱便是诗人的一切。人生是短暂的，诗人用大胆而永恒的爱来粉碎命运所设定的有限的人生，爱的态度也是作者的人生态度。

《深夜》表现了作者对人生本质中孤独的一面的理解：无眠已四面楚歌 / 我被自己弄得有些恐慌。只有在深夜之中人们才会真正来体察自我，喧嚣过后才能体会到孤独的价值。《我很可能是另一个人》和《我的双胞胎兄弟》表现了作家对人世无常和人生不可知性的感悟：人生有着太多的“如果”和“可能”，但却只有一个现实，真正的人生是什么样子的也许是没有答案的。《蚂蚁家训》《棋子》和《猎人与兔子》则表现出凡人的卑微与渺小，平凡人的人生也许就如蝼蚁和棋子一般，受命运和外力的左右，充满着荒凉与无奈。另外，《石头有足够的时间》和《大河东去》是两篇充满着哲理和思辩色彩的诗作：人生苦短，但人生的魅力又在于其有限性，我们的生命是否会轮回，这谁也不知道，也许我们会如小水滴一般，最终“在天堂的云层里 / 得到大海的消息 ”。即使不是这样，还是可以选择有力的人生，就如顽石一般，在胸中酝酿着从未冷却的岩浆，期许着我们的人生走向永恒。

四是现实的反映与理想的追求。雒武是一名有着社会责任感的诗人，同时，他还怀揣着美好的理想，因此，在他的诗中，理想与现实相互交融、相互碰撞，共同谱就了精妙的诗篇。雒武的诗中有着对现实最真实的揭露。在《钉子》一诗中，作者思考了有关拆迁的问题，并犀利地指出“始终拔不掉的 / 是人们心里的那颗”，无情地批判了在工业化进程中所存在的不合理现象。而在《孙子》一诗中，诗人更是毫不留情地借“打针”表明了社会主体对个体的压迫：从小到大 / 从大到老 / 一双双手 / 一双双看不见的手 / 多少次将我们牢牢制服 / 我们不一定有病 / 我们变得越来越乖。个人在社会面前逐渐妥协、逐渐迷失的过程活生生地展现在了我们面前。雒武的诗中有着对理想的美好追求。在《梦中的绿》一诗中，作者借“绿”这一意象表达了对理想的渴求：我曾一次次梦到那绿 / 好像是一座山上披满了植被 / 我一次次梦到 / 那极致的绿 / 让我每次梦醒都如伤心后的酒醉。理想与现实是存在距离的，这份并不存在于现世的绿令作者迷狂。《让我们晒晒太阳吧》也借“晒太阳”表明了作者厌弃阴暗、向往光明的理想主义情结。

雒武的诗中还有着理想与现实的矛盾与激荡。在《蚂蚁蚂蚁，我只是在诗歌里爱你》当中，作者旗帜鲜明地向我们宣告：理想与现实的落差使得“我”的很多想法都只能是“叶公好龙”，对“蚂蚁”等物类的喜爱只能存在于抽象之中。《传统》与《再见》两首诗也鲜明地展现出内心想法与实际行动的巨大落差。当然，作者在表明这一切的同时也表明着自己的心迹，《寒夜瀑布》便是作者内心想法的集中体现，在这一诗作中，诗人写道：多像是一个梦 / 一个血管里不息流淌着的梦 / 寒夜里依然 / 奔流 / 狂泻 / 撕扯 / 撞击 / 挣扎 。在寒夜中依然奔流不息的瀑布也许是对作者内心的最好写照，透过这满怀激情的乐章，我们能触摸到诗人那未曾改变的心跳。

诗歌是能够触及人类灵魂的东西，雒武的诗歌不造作、不矫情，充满着语言的张力，用口语化的表达感染着读者的内心。

诗人一向主张干净地写作，注重诗歌的韵味和深度，在诗集《这一刻我爱上你》当中，这些都得到了很好的体现。

2015年冬于山东师范大学

（作者系文学博士、山东师范大学副教授、文艺评论家。）

目录

过客

我只能眼看着这一切发生

白语

明白

所有的一切都向我后面退去

这一刻我爱上你

这一刻我爱上你

这一刻我爱上你
我是说这一刻

这一刻我爱上你
以一个真正的男人爱上你
我是谁对你并不重要　就像
你是谁对我也不重要

我完全不在乎你的贫富
你的身份　还有你的过去
是多么贤惠善良还是多么邪恶淫荡

这一刻我爱上你
只这一刻

2004-09-08

突然听到一个我曾爱过的人的消息

像在经年的衣橱下
无意中发现那枚纽扣
我突然听到一个
我曾爱过的人的消息

纽扣正面布满尘垢
翻过来却油亮如新

这个消息不好不坏
与我已完全无关
我想应该是

2003-09-23

偶然的思念

在这样一个夜晚
我才突然把你想起
绝大部分时间
我都把你忘记
忘得一干二净
忘得像个毫不相干的路人

只有这一刻
而这一刻我也没有
给你写信　发邮件或卡片
也没有打电话或发短信
一切都没有

再次想起
不知到了什么时候
我想　世上
许多不经意的分离
事实上就已是永别
因而　每个偶然的思念
都让我有些伤心

2004-01-12

纪实

夜半老婆突然惊醒
她抱紧了我的胳膊
我害怕
我做了个噩梦
我梦见你离开了我

我不知离开她是指什么
解除了婚姻
有了别人
还是到了另个世界
或者别的

老婆很快又睡去
我抚摸着她
我很想拥着她入眠
可我浑身疲惫
我已习惯了与她背靠背

早晨老婆叫我起床
她快乐地逗着孩子
对夜里的事
我也只字未提

直到写这首诗
我才潸然落泪

2004-02-27

潜水

这是我第一次来到
海拔零点以下的地方
这一刻
我从这个星球表面完全消失

潜水的还有我的爱人
在海水没下她头顶的一瞬
我突然升起一种强烈的异样感觉
这使我在她游出水面时
想把她狠狠抱紧

2004-05-28

感情线

一晃十二年
我已是中年
而同龄的你在我脑子里
仍只是年轻的模样

十二年
让我比十二年前的你
长出十二岁
而我仍然猜不透你当年的心思

一句本可半分钟解答的问
竟绵延成十二年的谜
我知道这谜将永久继续下去
就像这掌心的纹线
一年比一年更深

2004-06-02 夜

中秋的石榴

中秋的石榴
像一个孕妇
脱下粉红的裙装
换上素淡的孕服
果实让她的身材
变得笨拙而又臃肿

我家门前正有这样一株
她植于我娶妻时
转眼间　这株树已生长了五年

2004-10-17

11 月 7 日

这一天我带你去最想去的地方吃水饺
这一天我和你热烈地亲吻又拥抱
这一天是我们的节日
春节　元旦　五一　十一
和我们有关也无关
11 月 7 日　是属于我们自己的节日

2004-11-10 凌晨

我将你送出家门

我将你送出家门
和家门前这条小街
我目送你走上马路
跨过马路中央那并不高的护栏
到对面的站牌去
人群浮动　车流如梭

我突然变得极其脆弱起来
生出些莫名的担心

其实我很清楚
这最正常不过
每天你都要和我一样
到那些陌生的车水马龙里去

2005-08-04

爱你一万年

——解说员:“这是我们发现的最早的男女合葬墓”
一个男人　一个女人
厮守了五千年
这个世界
能不能再给他们五千年时间

只剩粼粼两堆
依然脚挨脚　臂靠臂
头挨着肩

五千年前他们是什么样子
他怎样用石钺打回一只猛兽
满脸挂花把收获扛回家
她如何拿骨针为他缝补起一件
抵御风寒的小褂
夜晚他们点起篝火数着绳上的疙瘩

在大汶口博物馆　我稍稍驻足
没有打扰他们
只替他们许个愿
再给他们五千年吧
这个世界没有谁
能像他们相守得如此之久

2005-11-03

两条互相凝望的铁轨

两条互相凝望的铁轨
就一直这样互相凝望着
从始点凝望到终点
从终点又凝望到始点

它们始终被石块固着
被枕木撑着
它们铁青着自己的脸
它们任一列列列车从上面辗过
它们保持着从一而终的心态

它们一直这样互相凝望
到长满了铁锈
到被废弃的那一刻
也没有改变

2007-03-25

我的四叔

想为四叔写首诗
缘于 30 多年前的一个心愿
那时我还是个孩子
四叔也非常年轻
我说将来我要当个作家
把你写进文字里
四叔你还记得吗
你说我能给你写十多个字就行

而今　30 多年过去了
我手写和敲打过无数个文字
却一直没有提到你

往事也只剩下几片模糊的记忆
你开着东方红拖拉机一边犁地
一边隔窗招呼慢悠悠上学的我快走
你臂上的疙瘩肉很威武
可以把我挂起来提走
你自制的猎枪精致又各种各样
让我和哥哥都感到非常神奇

还有

你总喜欢唱十八岁的哥哥呀坐在河边
而直到我祖母去世
你才有了迟到了 20 多年的婚姻

小时候我对你很崇拜
而长大后我越来越觉得你很平凡
你的强健体魄到处都是
你制作的那些东西
现在看来都是些管制器具
你的幸福与坎坷也只是
一个时代小小的缩影
我对你的牵肠挂肚直到写这首诗前
已变得越来越淡

好了　说了这么多都只是
我要写你的一个说明
下面我正式写了：
雒义福　胶州人氏　一个凡人　一个好人
是我四叔

2015-07-27 凌晨

一对环卫工的婚礼

在他们每天忙碌的大街上
一个男环卫工和一个女环卫工
举行了最不同寻常的婚礼
他们穿的新衣服
仍是橘红色的工装
一群刚放下洁具的工友在向他们道贺

她给他的订情信物是
一把他天天离不开的扫帚
他给她的是一柄生铁的夹子
与过去不同
两件家什上都绑上了红色的纸花
在灰色调的背景里
这纸花显得格外的鲜艳

他们送给彼此的是一生最离不开的饭碗
也是一生都无法逃离的辛劳

我不祝他们大富大贵
也不祝他们生活会多么美好
只祝他们能永远相爱
因为这是他们唯一可以
抵抗住命运的东西

2012-01-30

相亲节

如果让我定个日子作相亲节
我一定毫不犹豫地选11月7日
117这是一个多么吉利的数字
自此两个光棍走在一起
自此一个单身汉要一个妻子
而且117加在一起
是个多么美好的寓意
你要问　我的理由还有很多
当然　最大的理由是13年前的这天
我和爱人相识
它事实上一直是我们的相亲节

2011-11-08 凌晨

直到再次把你忘记

其实在此之前我已把你忘了
忘得干干净净
如果不是突然听到你的消息
我甚至忘了这世界上有你
和曾有过的我们的往事
而现在我不得不又为你牵肠挂肚
直到我再次把你完全忘记

2011-05-26

噩梦中惊醒

我从噩梦中惊醒
好像回到了现实
而心还在怦怦直跳

一块酵母黏着在底层
眼睛稍一合上
它就在胸内迅速发酵
让我久久不能逃脱梦的折磨

我想起儿时的一个情景
我的母亲
在灯光下
用一根细针
小心翼翼地把扎进我手里的刺
干干净净地拨掉

2011-02-14

真　相

真相

小白兔凭勇敢和智慧
一次次战胜了大灰狼
这是大人讲给孩子的童话
也是大人们的童话

而真相是
大灰狼总把小白兔吃掉

2004-11-15

一生

时而愤愤不已
时而窃窃自喜
愤愤不已
愤愤不已　我以神的
修行安慰自己
窃窃自喜
窃窃自喜　我以鬼的
狰狞庇护自己
徘徊在神鬼之间
上天堂下地狱
都不冤枉

2003-06-17 夜

传统

想出左手却出了右手
想要摇头却变成点头
早上我本欲去东却又成了西
有时脑袋也发出强令
但命令到了指尖和脚趾
却完全是另一回事
于是很多人都把我称为好人
这曾让我很痛苦
更要命的是
我现在已几乎没有了痛苦

2003-06-15 夜

再见

分手　我们说再见
而不说分手
即使是萍水相逢的陌生人
永远不愿再见的人　或敌人
说再见
我们已习惯

2003-07-11

天气预报

气象台公布今天气温零度
于是我穿着睡衣在电视上看到
气温是零度
门卫披着大衣在岗厅黑板上写上
气温是零度
街头流浪汉用以避寒的报纸上也印着
气温是零度

2003-11-29 凌晨

心疼指数

我发明了一个词
叫心疼指数
就是你对某某的心疼程度

它可用来丈量人和人之间的距离
比如你最心疼自己
心疼指数就是100
你和自己是零距离
再比如你对某人生死毫不关心
心疼指数就是零
你和他就是地球和火星的距离

它还可以用来测量人和物的距离
像我看到一个贵夫人
她的狗死了
她像失去了亲人
心疼指数起码达到了90
她和狗的距离是如此的近

由此我完全可以得到结论
人和人之间的距离常常远远
超过人和动物

2004-02-20

火化场的疯子

在我一个亲人最终离去的地方
我看到了这个疯子
他行动言语非常怪异
尤其是眼神
这让我相信
他一定看到了我们没看到的什么

2004-06-03 夜

梦的捉弄

我不是在做梦吧
求求你快狠狠掐我两下
哦　我胳膊好像感觉到了疼
我泪流满面
我成功了
我一时疯癫
我睁开了眼睛
哦　这竟然
真的是梦

2004-11-01

鸟笼

更可悲的是
我们自己选择了鸟笼

鸟笼一次次打开
我们又一次次飞回来

鸟笼偶然关闭
我们振翅在笼外
为食物　温暖和安全
痛哭流涕

鸟笼一次选择了我们
我们一万次选择了鸟笼

2005-01-08

寒夜瀑布

一切是安静的
除了这瀑布

战栗的树
咬紧牙关的石头
依偎在一起的冰凌
黛色的云
云下的村庄
和村庄上的半月

一切都是安静的
只有这瀑布

多像是一个梦
一个血管里不息流淌着的梦
寒夜里　依然
奔流
狂泻
撕扯
撞击
挣扎

2005-01-08

窗帘

放下窗帘
我才放下心来

我才敢大胆地拥吻老婆
狰狞地训斥儿子
和肆无忌惮地袒露身体

揭开窗帘
我校正表情
穿戴整齐

放下揭开
揭开放下
一生都在周而复始

2005-02-21

生日

我有两个生日
三十岁前在老家过阴历生日
三十岁后在城市过阳历生日

三十岁前生日爹妈给过
三十岁后生日单位和老婆给过

3 月 9 日办公室会准时送来一份
老总签名的贺卡　还有
一大束黄玫瑰或百合
老婆要把蛋糕券换成蛋糕
还要准备几个小菜
我爱老婆
这一天她总是哄着我高兴

而正月二十一
这个日子我也会一直记得
这是爸爸生日过后的第三天

2005-03-10

蚂蚁家训

孩子　你已长到 18 天
已是个成蚁
有几句话你要记住
这将对你一生都有益

做事先要做蚁
首先你要诚实
不要学狐狸和人等
那些所谓的聪明动物
喜欢用些心计
那样你最终会失去所有朋友
还有你要善良
不能争强好胜
倒霉的都是那些
觉得高蚁一等的蚁
也不要做坏事
像蚊子喝血耗子偷食
都为我们蚁类所不齿

孩子　这是一个竞争的社会
你一定要勤劳
每天你都要晚睡早起

跑在别的虫虫前去找寻食物
这样你才不至于饿肚皮
当然你还要学会合作
蚁不能太自私
发现大的食物
你要告诉亲戚朋友
一起把它拖到家中
这个社会没有谁只靠自己生存

孩子　你一定还要学会宽恕和忍受
有谁踩了你
只要不是有意将你碾死
他都不是坏的动物
所以你要学会躲避
找食时莫忘了看路
上硬马路更是要特别小心
最好选择草地行走
鞋子偶尔踩上一般也不会致死
有了死伤　孩子你不要恨谁
我们没有能力报复别的动物

最后一点你要切切记住

永不绝望　但也永不奢望
不要妄想能成为一个强壮的蟋蟀
也不幻想变成会飞的蜻蜓
我们祖祖辈辈都是蚂蚁
我们也一直活得挺好
当蚂蚁这是上苍所定
非我们蚁力能及

2005-03-21

我的掌声

掌声响起
驯象师在谢幕
小象扭着笨拙的屁股在退出

掌声仍响
驯象师再谢幕
憨态可掬的小象已全退出

我也在鼓掌
只是我的掌声是给小象的
别人不知道　驯象师不知道
小象也不知道

2005-05-25 凌晨

纵情

一个歌星在唱歌
一个歌星在纵情唱歌
一个歌星在空旷的公路上纵情唱歌
一个歌星在茫茫戈壁滩的空旷公路上
纵情唱歌

我没有喜欢上这首歌
也没有喜欢上这个歌星
我深深地喜欢上了
在茫茫和空旷之中的纵情

2005-05-25 凌晨

站在山顶望下去

站在这里　我看到人真的很像
蚂蚁
那一只只　一堆堆　一群群的
蚂蚁
他们在钢筋水泥夹缝里
蠕动

2005-10-11

女人的头发

女人的头发在毛巾上
女人的头发在水池上
女人的头发在床单上
女人的头发在地板上
女人的头发在阳台上
女人的头发在拖把上
女人的头发在灶台上
女人的头发在饭锅上
有女人的地方就有女人的头发

女人的头发就像落叶一样
落在每一个角落
女人的头发就像落叶一样
被时时打扫干净

2006-03-19

猎人与兔子

猎人这时出现了
猎人是一个好枪手
他要为身体有恙的妻子
打只兔子补补身子

在山野中世代栖息的兔子们
它们有的觉察到了危险
有的压根儿没有
但注定要有一只
今天为猎人的出现而牺牲

这是无法改变的事实
兔子们能够做的只是
争取今天这一只
是自己的伙伴而不是自己

2006-08-31

深夜，风看到了世界的真相

风是谁的使者
深夜　他钻进所有敞开或紧闭的窗
这时　他看到了世界的真相

他看到——
那个梦中流下口水的人
那个打着呼噜或磨牙的人
那个呼吸平缓而平静的人
那个露出微笑或幸福的人
那个现出狰狞或狡诈的人

以及在灯下写着日记的人
歪在沙发上读书的人
玩着游戏抽烟的人
坐在墙角数钱的人
躺在床上纵欲或淫乱的人
带着面具和刀子准备出门的人

他看到了所有所有的人
在深夜祈祷或忏悔的人
以及对风视而不见的人

2007-05-02 凌晨

天亮前一切都被清除干净

每个白天我看到的
都是和昨天一样的情景
夜里的一切都已被清除干净

顺手丢下的垃圾
沿街泼出的污水
一路撒下的沙石
风雨吹打下的叶子
和车祸后留下的血迹
以及撕碎和揉烂的照片、信纸

还有
离开抽屉的工具
梦中泄露的呓语
沾染了污垢的手指
被欲望浸泡的瞳孔
一切一切

都被清除干净
就像一切都没发生过
就像夜晚也没有出现过

2007-05-03

背后

我想突然转过身
看一下
看一下我的背后
究竟发生着什么
而就在我转过身来的一瞬
我的背后又变成了身前

2007-08-28

蚂蚁蚂蚁，我只是在诗歌里爱你

蚂蚁蚂蚁，当我在菜板上看到你
我当即用水把你冲进下水道里
蚂蚁蚂蚁，当我在床上发现你
我毫不犹豫碾死你

蚂蚁蚂蚁
此时我又想到我在诗歌里一再写到你
是的，我一再写到你
你这比我更渺小的蚂蚁
你这比我更卑微的蚂蚁
你这比我更坚韧的蚂蚁
你这比我更执着的蚂蚁
你这比我更无助的蚂蚁

蚂蚁蚂蚁
我只是在诗歌里爱你
就像他们也只是在歌曲里爱你
只是在画笔下爱你
只是在故事里爱你

2007-09-03

长河如刃

长河如刃
悬于我们的头上

镇河之神
镇不住河的恣意
但能镇得住我们的妄为

2014-05-10

新知

那天我学到了一个新的知识
就是床头朝西不好
说这样睡觉时我们的脑袋指向
就会和地球自转完全相反
我们就会像逆激流而上的鱼
被弄得多梦又焦虑
甚至早日归西
我把这个知识小心翼翼地
刊登在我们的报纸上
但老实说　是真是假
我也一直怀疑

2015-02-08 凌晨

钉子

拆迁已开始了数月
有两户还没搬走
他们被称作钉子户
其实　在他们之前
钉子还很多
但都被各种工具
一一拔除
我们也清楚
这两户最终也会被拔下
始终拔不掉的
是人们心里的那颗

2011-12-14

这一刻，打工的老臧把这个城市震住了

这些年来　老臧总是毕恭毕敬地
对待周围的一切
哪怕是一条流浪的猫狗
随便一声招呼　老臧都会
弯着身子　笑容可掬地跑过去
而此刻　无疑老臧把这个城市震住了

这时　他持一把菜刀
边砍剁着一块木板
边怒喝眼前的母子
从遥远农村老家赶来的老婆一言不发
孩子躲在母亲身后　两腿哆哆嗦嗦
也不敢叫声爸爸

2011-11-07

凌晨三点，是个有故事的时刻

凌晨三点的城市
像被收走了庄稼的田野
每个突然出现的身影
都刺激着人的眼睛

这时候　每个身影都被
忽略了面容和表情
以及服饰和身份
但他们肯定都是有故事的人

一个扭着臀部的身影
鞋跟叩击地球的频率
比心跳还快
一个骑单车的身影
像被一刀放倒的玉米
扎进了巷中

逃命般的三轮
各种家什的撞击声拖泥带水
呼啸的渣土车是个疯子在裸奔
酒店前等活的的哥毫无察觉
仍然发出均匀的鼾声

凌晨三点　城市已进入深睡
但这个时刻从不缺少
故事的发生
而且还有一个预谋已久的事故
在某个角落里伺机而动

2011-11-06 凌晨

阉

满朝文武
大小太监
他们都是一群阉人
一群被阉割了阳具
另一群被阉割了脑袋

他们三叩九拜
山呼万岁
听一人
号令天下

2011-06-29

夜雨(一)

他们是一群突从天降的飞贼
在屋檐与屋檐之间
一纵即过
在房顶与阳台之间
转瞬即逝

他们顷刻劫持了夜色
在嘈杂的扰乱视听中
打开每一把铁锁
伸出戴着黑丝手套的五指

最后
迅速沿着预谋好的河道
遁去　无影无踪

天空在一场洗礼后
睁开眼睛
空气在一场洗劫后
变得透明

2010-12-25 凌晨

乞丐的幸福

在闹市大马路的边上
一老一少两个乞丐兴奋地用力
摔打着他们的鞋子
鞋底抽打在坚硬的柏油路上
发出欢快的响声

然后是他们肆无忌惮的笑声

他们在做什么运动
斯诺克　高尔夫　还是赛艇
他们脸上的油污在阳光里
熠熠生辉
胜过高大幕墙上的玻璃

他们的笑声像击溃大坝的洪水
疯狂向周边溢出
如果不是楼体的阻挡
将把整个都市淹没

此时　路上车水马龙
商场和酒店里行色匆匆
此刻　偌大的城市

没有几个人能像这两个乞丐
欢乐和幸福

2010-12-19 零点

新年开始了，一切都是旧的

已过去几分钟
我才意识到　新的一年已经开始
但我来不及向同事道一声快乐
便又埋下头

收工了
我关上这台用了七年的电脑
穿上去年最后一天带到单位的外套
这部开了三年的车子
油箱里还有半箱一周前加的油

昏暗中打开房门
老婆已经沉睡
不久前我们刚刚庆祝了结婚十年
这套50平的房子我们已住八年

我无法入睡　看着房间里的一切
家具　电器　和每一个用具

写这首诗时　我看到
新年已来了四个小时
我知道　当我醒后太阳肯定又会回来

我也知道　它和昨天的
去年的　亿万年前
其实没啥不同

是的
新年开始了　一切都是旧的
除了这本刚摆上案头的台历
和我们一起要开始的日子

2010-01-01 凌晨

与爱情无关

这个地方被称作玫瑰之乡
是因为这里有
数以万亩计的玫瑰
收获季节　每一瓣玫瑰
都被运到工厂
这里的人们告诉我
用它们榨出的油
与黄金等价

2009-10-26 凌晨

潜伏

在这个季节
我看到一场浩大的潜伏
正在酝酿和预谋
有的停止声音
有的踮起脚尖
有的摒住呼吸
有的就像是已经死去

鸟儿离开了枝桠和树林
甚至向更远的南边隐去
蝴蝶和蜜蜂变成幼虫
躲在巢里
蛇们圈起冰凉的身子掩埋自己

野草们一丛丛披上了蓑衣
叶子褪尽了绿色
全体集合在地面上卧倒

一场暴雪来了
为他们打起了掩护
然后自己化成水
也潜伏起来

这时　连水也藏到冰的后面

只有风
在各处查看和传递着消息
然后食指放在唇间

沉默
一切都已沉默
然后是等待
等待
直到天边轰隆隆　突然
响起了雷声

2009-11-25

玫瑰生来就属于每一个女人

一个女人
一个漂亮的女人
她抱着一大束玫瑰
一大束美丽的玫瑰
在城市的大街上走过

这时
整个城市以及城市的人群
都变成了背景
也包括我

我看不出她化妆的脸上
是幸福还是悲伤
也不知道
这是一束求爱
还是拥别的
玫瑰

但这不妨碍女人和玫瑰在一起
玫瑰生来就属于每一个女人
每一个漂亮的女人
和每一个并不漂亮的女人

2008-11-18

过 客

过客

我来到一个城市的
车站　机场　码头
我是否到过这个城市

我来到一个城市
买了所有景点的门票
还尝了这里的特产
我是否到过这个城市

我在一个城市住下来
还找了个活干
在这里出汗不少
我是否到过这个城市

我在一个城市定居下来
娶了老婆　生了孩子
我是否到过这个城市

我守住这个城市
直到我老　并把我的骨灰埋在这里
我是否到过这个城市

我一生是否能够
到过一个城市

2003-08-11

病床

一次次空着
一次次占着
有的从这里离开
又回到这里
有的离开后
再也没有回来
我来过一次
两次　几次
上面是我的亲人　朋友
我坐在床沿

2003-06-25

黑蝙蝠

没有羽毛　不会唱歌
黑蝙蝠只在黑夜飞行

在黑的夜飞行
在很黑的夜飞行
在更黑的夜飞行
在最黑的夜飞行

被染得比夜还黑
在最黑的夜里飞行
也画出黑色的弧线

2003-07-21

长途客车

我上了一辆长途客车
长途客车一票直达
在高速公路上奔驰
在普通公路上奔驰
客车一概不停

踏上车我已别无选择
我要到一城市去

车上全是陌生的面孔
尽管有个像我见过的某个
面孔那样讨厌
有个清秀的面孔让我
目光又有些凌乱

我们只能在一个地方下车
但是否有人要和我到同一个街道
同一个楼
同一房间
和这个房间的同一个座位上去
是那个讨厌的面孔
还是那个让我目光凌乱的面孔

2003-07-22

夜雨(二)

一支趁黑急行军的队伍
蓦然从天而降
噼里啪啦　在我的后阳台上疾走
哗哗啦啦　在路边杨树叶上疾走
刷刷刷刷　驾着雾气在楼顶上疾走

顷刻　掠占湖泽
侵入土地

早起者
在湿漉漉中穿行
空气无比清新　且
有点阴森

2003-08-27

距离(一)

你笑时
我正在哭
你笑得死去活来时
我哭得已痛不欲生

我欣喜时
你正在痛苦
我欣喜得心花怒放时
你痛苦得已肝肠寸断

酸甜苦辣　大喜大悲
每时每刻都在一个人和另一个人
一群人和另一群人
身上同时发生

相隔天涯
或近在咫尺
除了躯体
没有丝毫的相同

2003-11-07

名字

我生来只拥有两个字
它们租给我只几十年
这就是我的名字

三十五年前
它们本与我完全无关
在我到来时
父母强加给了我
没有注册
也未征得我的意见

少见的姓常见的名
连起来好记又难听
雒武谐音落伍
常让我自卑甚至伤心
又因与众不同有点庆幸

三十五年它们与我已纠缠不清
我不在时它们总替代了我
我的一举一动　香了它们的名声
也臭了它们的名声

两个字　一生只拥有这两个字
它们在我之前就分别存在
在我之后仍各司其政

两个字　只两个字
他们罩在我头上
担在我肩上
束在我手上　脚上
淌在我血里　烙在我脸上
轻轻两个字
已把我压得够呛

2004-02-23 夜

深夜列车在我家旁驶过

深夜　辗转反侧
一列火车
在百米外京沪线上驶过

铁轨痉挛
枕木震颤
床随枕木一起震颤
震颤

车上有一千名乘客
这一瞬
我是第一千零一个

2004-11-05

距离(二)

一对民工恋人在公交车同一座上
准确说是打工妹坐在打工仔腿上
这种举动在一些城市小青年中很时尚

我看着他们的背影
只需一秒钟便知道他们是一对民工
姑娘长辫上系一根廉价的头绳
小伙油亮的头发挑几朵白华华的头屑
锃亮皮鞋上面的袜筒还有个小洞

我决无贬低这对恋人的意思
我只是想起一个叫做距离的词语

2005-03-01 凌晨

风是谁

这个季节
风就是这么多

深夜无眠　它如期而至
漂泊千里万里　它拂着我的窗
甚至挤过窗棂摸一下我的脸颊
一会儿窃窃低语
一会儿又滔滔倾诉
一会儿滔滔倾诉
一会儿又窃窃低语
一会儿又像是在哭泣

我总是把它想象成一个人
可不论它是谁
一个老人　一个孩子
一个姑娘　一个少年
还是像我这样一个中年人
都让我心里无比难受

2005-05-25 凌晨

住在恐龙家

10 多米高　20 多米长
这个庞然大物完好而安详地屹立着
让我不能不相信很久很久前
它真的到这个世界来过

我的宿舍距博物馆只两站地
它在千佛山脚下
数千年前它是一片林地
鸟兽聚集
数千万年前它是更大的一片林地
一群群恐龙们在此生息

数千万年弹指一挥间
我现在住在恐龙家中
恐龙住到博物馆里

2005-05-27 日凌晨

这时候大家注意到了我

在清晨大家都买早饭的时候
我摔了一跤
动作难看　也足够夸张
摔伤了我的膝盖
还有我刚买的一袋鸡蛋

这是一个我天天要来
天天都不声不响离开的小巷
这时候　大家都注意到了我

2006-03-19

傍晚在泰曲高速公路上

苍穹之灯次第熄灭
大地一层层暗下来
18:40 我在泰曲高速公路客车上

客车满载　乘客打盹
或睁着无神的眼
对即将到来的夜毫不理会

疲惫的大货车
喘着粗气　脚趾抓紧了路面

田地上　两只低飞的乌鸦
它们也没有回家

2006-04-03

这时候，就缺你了

下雨啦
我走到阳台前
打开半扇窗户
城市一时变成另个样子

人群和喧哗都退到墙后
马路上慌乱地奔跑的汽车
踮起了脚尖
晃动的雨刷一个个变成了荷叶

你看　雨打在地上溅起了齐刷刷的水花
你看啊　可是这时候
就缺你了

2015-08-08 凌晨

许多雨滴爬满了我的窗子

下雨啦
是的　下雨啦
我看到路灯前
雨线密密斜斜
还有许多雨滴爬满了我的窗子

他们是些顽皮的孩子
故意离开大人们的队伍
在从天上落到地上的瞬间
隔着玻璃来看看我
但我来不及把他们都请进来
他们就都纷纷滑落

2015-08-08 凌晨

大雨来的正是时候

这时候所有的歌都是极抒情的
也不用太缠绵
有那些不断扑上车窗的雨就足够了
雨刷像是一把把抹着泪
载着你的车在向雨林边沿前进
也是在向雨林深处退缩

2015-08-08 凌晨

他抱着自己的骨灰在公墓门口徘徊

天光已大亮
他才发现自己还躺在床上
他赶紧要把自己拉起来
自己却纹丝未动
他于是又去摸自己的脉
手腕如烤漆的门板
温凉光滑又毫无动静

他感觉到不妙
给自己做心肺复苏
和人工呼吸
但也一直没有反应

他意识到这一天终于来了
他吐口气
然后拨打 120
一个全身像工装一样洁白的护士
独自拎着担架上楼
他只要帮着她将自己抬走

在急救室
他的肋骨被一根根按断

仍无济于事
他说　别费劲了
把我拉到殡仪馆烧了吧

医生说　你是不是还需要
和亲朋联系一下
道个别啥的
他想到此时
父母正在听着健康讲座
哥嫂正在忙着应酬
小妹正挂在网上不能自拔
朋友也都在圈里卖着东西
还有迷上旅游的老婆
已走了七个年头
于是就说　还是算了吧

肉体烧得不太干净
但他还是很友好地和
司炉大哥握一握手

殡仪馆后面就是公墓
他和看坟人讨价还价半天

也没有谈妥
翻完通讯录
最后他决定给老婆打个电话

老婆,我是你老公,你还记得吗
记得,有啥事说吧
能借我一笔钱吗　买个葬身的地方
又骗人吧　你要钱到底干啥
好吧 我承认我说了一辈子假话
我最后要说一句真话
我现在正抱着自己的骨灰
在公墓门口徘徊
你相信吗

2015-04-09 凌晨

凌汛

他们托举着
亲友的尸体
怒吼着
搀扶着
一路向东

在这个乍暖还寒的季节
请为他们让路

2014-05-10

就这样白给你看

突然撑破花篮
呼啦一下散开　然后
从天堂飘摇而下

没有檐下雨般的哭诉
也没有窗边风般的敲打
她们趁夜蹑足而至

而当你推开门扉
她们就这样铺天盖地
无声地白给你看

2015-02-08 凌晨

阿春并不急于把吻献上

值班表已明确
这里已是阿春的地盘
而晓冬却一直赖在这里
不肯离开

一粒嫩芽悄悄探出脑袋
想窥探个究竟
又马上把脖子缩了起来

阿春并不急于把吻献上
而是避在一个谁也看不到的地方
慢条斯理地梳洗打扮
她右手拿一把牛角梳
左手在掐指计算
六九七九八九……

待时机成熟
阿春回眸一笑　便是
百花竞放　万条齐发

2015-02-08 凌晨

济南的春天

阿春是个多情的姑娘
这你是知道的
她和晓冬分手时
总是拉拉扯扯
“我们情缘已尽,你走吧”
晓冬答应着
但还是来了好几次
于是又黏黏糊糊了一个多月
阿春总算要过上单身的日子
可晓夏又穿着大号的T恤 嬉皮笑脸地
冲她来了

2014-03-15

大雪

这一天没有下雪
只是下了场小雨
还有满天的大雾

大雪小雪
多像一对姐妹
姐姐刚为人妇
勤劳朴实　且安分守己
妹妹情窦初开
文静秀气　又充满幻想

姐妹俩
生日相差半月
都是在初冬
这个时节
北方颇有些寒冷

2011-12-07

穿越

如果给我一次穿越
我愿回到我的前世
突然出现在一条陌生的街上
我装作对周围一切熟知

是的　那个磨穿鞋底
找到我　并哭泣着带我回家的
是我的母亲
而隔窗相望
黯然垂泪的
是我的妻子
毫无疑问　那一再呵斥没出息的
是我的父亲
在家中
我装作一时大脑短路
等着他们叫出我的名字

亲朋好友会拉我去酒馆
甩出大把的银子
嬉笑怒骂着给我以劝慰
我会用余光观察一下
有谁会在我下辈子相遇

当然　也会像下辈子一样
还有一些人
他们的咬牙切齿我没有听见
他们在笑里藏的刀
我也不会看到

2011-11-21 日夜

纪念日

我们不仅要把它记上纸片
不仅要把它放进脑袋
还要在它来临的时候
努力地做些什么

我们需要一些鲜花
需要一些酒和食物
需要一些灯光或蜡烛
需要一些面孔和表情
需要一些词语或动作

也需要一些喧哗和躁乱
需要一些笑容和忧伤
需要一场从酝酿到高潮再到落幕
需要一场从疲惫慢慢消退
再到心头落寞渐渐升起
需要眼睁睁地看着这一天的过去

需要每一年都经历一场激动与折磨
需要每年这一天会与众不同
这样　我们就一再确凿地证明
某日在我们的生命中确实存在着

2010-12-08

满地落叶

以前　它们只是隔空相望
各忙各的
如今　一夜之间
它们都聚在了一起

在一只只深埋地下的
树的大脚之间
它们的美丽　如此
触目惊心

我们没有理由
不让它们的相聚
时间更长一些

2010-11-30

他们一刻不闲地运动着

在城市的中央
在一栋大厦的顶层
我看到他们在一刻不闲地运动

他们有的走着
有的骑着自行车　电动车或摩托车
有的挤上公交车
几万元到几百万元不等的轿车
在马路中间穿梭

我还看到了一个盲人
一个坐着轮椅的人
虽然很慢　他也在运动

没有什么牵引着他们
他们却毅然决然向着
自以为前方的地方运动
即使在深夜　即使在梦中
他们满脑子也都是运动的事情

2010-11-27 日夜

一个掉队的风

千军万马的风从遥远的北方杀来
铺天盖地　涌入我的城市
这时　人们关闭了所有的门窗

而我却留下一条缝
放一个掉队的风进来
并在灯下写了一首关于风的诗

是的　我和这个风谁都不说
是谁先把谁俘获

2010-11-26 日午夜

她们的一生

一只玉手将我面前的杯具斟满
透明的酒杯里细小的气泡升腾
她们是那样的细小
以致只有以群体出现
才被看见

她们从杯底升到杯面
从海底升到浪尖
从地面升到空中

升腾　升腾
然后在杯面飘浮
飘浮
然后是破碎
连绵不断

她们像奔向绿地的羊群
像划过天空的雁阵
像飞跑向时光隧道的孩子
她们的生命比我更加短暂
所以我看到了她们的始终

2010-11-04

雪人的爱情

雪地上有两个雪人
如果他们是一男一女
他们一定会
萌发一段爱情
因为他们都是这样的洁白
而天又是这样的冷

你看
他们相对无言
他们厮守终生
当天暖起来的时候
他们完全交融在一起

2010-11-15

我看到列车只往前开

不论是向东向西
还是向南向北
我看到列车只往前开

哪怕是开过了站

我看到列车只是直直地往前开去
他没有猛然向右
或者向左
也没有来一个急转弯
哪怕有多少人挡在他的面前

2009-11-28

遍地落叶

他们说
每一片叶子
都有一个美丽的故事

今天
在这个寒潮袭来的晚秋
在这片林地的草丛中
我看到那么多
那么多的故事

他们簇拥在一起
互相取暖
互相安慰
又发着瑟瑟的笑声

然后一起
慢慢地
变成身下的泥土

2009-11-02 凌晨

我只能眼看着这一切发生

我只能眼看着这一切发生

因为是早已被预谋和策划好的
我只能眼看着这一切发生

在我只看到序曲的时候
事实上结局早已存在

像每晚黄金时间
我看着一个个喜剧　悲剧或悲喜剧
我看着又期待着
而看和期待是完全不相干的两样东西

我不是编剧也不是导演
我只能眼看着这一切发生

2004-08-10 夜

午睡在大办公室

被打牌召集者拉醒
被恶作剧者摸醒
被找人者碰醒
被道谢者唤醒
被发嗲者嗲醒
被暗骂者骂醒
被手舞足蹈者蹈醒
被拍案而起者拍醒
被电话骤响时惊醒
被打错手机者吓醒

2003-06-25

保重

进机场
先提醒有无不适病症
再建议买份保险
还要安检每个行李和身体
上飞机
空姐反复教你抢救自己
并一再巡视安全带是否牢系

其实空难的概率只有几百万分之一
不比城里人走人行道危险
我们每天冒着数倍　数十倍　数百倍的风险
在熟悉和陌生的地方穿行

没有被突然撞上的提示
保险员也没有向我们来招揽生意
也没有谁对每个靠近你的人透视一番
更没有漂亮阿妹
微笑着向你做着防范讲解

2003-07-10 夜

护城河

曾有一个将军
率一批人马　挥戈城下
曾又一个将军
率又一批人马　挥刀城下
将军倒下　河中化作乌泥
将军陷城　城上刻下美名
护城河边一个打打杀杀的历史

护城河已一把年纪
护城河底积满乌泥
淤了又清　清了又淤

2003-07-23

棋子

按兵不动
步步向前
固守城池
攻城拔寨
出身兵卒
过河可当大车
为保老帅
大车可弃性命
一百次失败
一百次成功
棋子始终
掌握在对弈者手中

2004-01-01

手术室门前

这里站满了手术者亲属
嫂子也在其中
哥哥做的是个小手术
但见到我时她还是哭了

手术门前湿乎乎的
并非只和这雪天　和
雪天里湿漉漉的鞋底有关

白大褂绿大褂飘来飘去
他们好像距我们很远
又距我们很近

大医院的手术室总是顾客盈门
而顾客不是上帝
上帝正握着犀利的刀子

亲属们总要在协议上签字
上面告知生命的一切可能
站立在手术室前
我们只能期盼和等待

2004-12-23

牛

九九加一九
拖拉机随地走

艳阳天　我们离开庄稼地
我们到一家饭店吃烧烤
先是红肠　再是鸭心　还有苹果香蕉
最后才是牛肉　新鲜的烤牛肉

牛背上的肉　牛腚上的肉
牛肩上的肉　牛腿上的肉
牛脸上的肉　牛舌上的肉
外焦里嫩　一刀下去
里面鲜红汁液欲流
我仿佛看见一头血淋淋的活牛

二亩地一头牛　老婆孩子热坑头
当牛们离开二亩地便沦落为牛肉
当人们从食草动物进化为食肉动物
牛们从耕牛退化为肉牛

2005-03-05 夜

要钱权

李老汉已是风烛残年
他强壮的儿子还在向他要钱

要走了他每天的收入
又要走和变卖了他的店铺
现在又伸手要他养老送终的积蓄

李老汉终于忍无可忍
求法官给他们做个了断
要拿出最后一笔钱
买断儿子的要钱权

这是央视马斌播报的一个新闻
最后也没告诉我结局如何
我倒是不太关心官司本身
而更想知道　对于要钱权
李老汉们千千万万已成人的孩子
有多少能够和愿意放弃

2005-05-17

快速公路

是谁让他们如此不息地奔波
一辆辆毫无表情地
在我身边“嗖”地一声闪过

我站在路边
站在这个看不见始点
也看不到终点的
深不可测的河流岸边

我无法让他们
哪怕只非常短暂地停留
除非我的腿突然迈进
用身体来制造一起车祸

2005-10-11

竹筒里的筷子

竹筒里的筷子们
平时都聚在一起
一日三时
它们就每两个一对
分居餐桌一侧
此一时是它两个一对
彼一时是它两个一对

竹筒里的筷子
它们来自不同的竹子
不同的竹林
和不同的地域
也受过不同的风雨雷电
它们虽长着同样的模样
其实并不相同
细微的图案
色泽的深浅

八仙桌上坐上八个人
16 根筷子就一对一对一对
摆在这八个人面前
八个人每每都抽到两根不同的筷子

生出八八六十四种变化
就像道观里的签子

2006-10-09

回家

——写于济南“7·18”大暴雨之后

2007年7月18日下午
正是将要下班回家的时间
一场罕见的急暴雨突袭

傍晚时分　暴雨刚刚肆虐过去
我驾车去往报社
路上到处是爬行和抛锚的车辆
站牌处站满了等车回家的人群
每一辆的士经过　哪怕已载有乘客
挤上马路的人们
都会早早地伸出
雏鸟嗷嗷待哺般的手臂

男人的手臂
女人的手臂
老人的手臂
孩子的手臂
白皙的手臂
黝黑的手臂
纤巧的手臂
粗大的手臂

戴着首饰的手臂
留着伤疤的手臂
……
一个比一个伸得更长

10分钟的路车开了一小时
在报社我才知道
暴雨几乎使所有的公交都中断
的士也少得可怜
许多道路都成了汪洋
这天上百万的济南人
不得不最终选择步行回家

翌日　据各媒体报道
数十个济南人永远消失在回家的路上

2007-07-21 凌晨

闰秒

时间是否真的
像奔腾澎湃的急湍
它一去无还　毫不留恋
而在这一瞬间

它还是回了下头
看了我
和这个世界一眼

2015-03-20 凌晨

大河东去

大河东去
裹挟着无数个水滴

无数个水滴
圆的方的
长的短的
胖的瘦的
俊的丑的
无数个水滴

无数个水滴
搀扶在一起
撕扯在一起
相拥在一起
扭打在一起
无数个水滴

我最初一直和你紧紧牵着手的
我最初是要和你永不分开
但最终还是被冲断
不得不又和别人挽在一起
然后又被冲断

然后又挽在一起
直到

有一天我被甩到岸上
无助地看着大河绝尘向东
直到　我一点点萎缩着
萎缩着死去

其实　这个结局
我们是早已预料到的
但我们依然期盼着
期盼着　在天堂的云层里
得到大海的消息

2015-03-10 凌晨

过年那些辞旧迎新的消息

大人　孩子　门窗　房子　院墙　街道
都穿上了新衣
粉身碎骨的爆竹
传播着辞旧迎新的消息

作揖　磕头　拜年　红包　糖果　饺子
模糊的眼睛　松动的牙齿　变形的脊柱

今年春节来得特别晚
路边的树却仍未发芽
枝上挑几片战旗般的叶子

母亲这时总喜欢讲些老家的事情
谁家的小子娶了媳妇
谁家的媳妇添了孩子
谁家的老姊妹得了血栓和癌症
谁家的老伙计又刚刚离去

我们边聊边看着春晚
母亲的话也总被
阵阵掌声和爆笑声打断

2015-03-02

鞭炮突然炸响

有人在商厦置办着新衣
有人在床榻上发出叹息
有人的火锅已沸腾起来
有人还在为挤车着急
我闭了门窗
在看一位朋友的诗集

而这时
鞭炮突然间炸响
它霸道地提醒我们
新年就要来了

2012-01-19

困神

当我在床上翻来覆去的时候
他却偷偷溜到电脑桌前
一会儿看看博客
一会儿又玩玩无聊的游戏
我上去关上了电脑
他又打开了电视
并拿着遥控一遍遍搜索
看看有没有足球拳击之类的赛事
我索性把电源全掐掉了
他却又来到了书房
把一本本书从书架上倒腾下来
文学历史科普以及杂志
《读者》里的一个笑话
还让他呵呵笑了起来
我只好企求他来到我的身边
他终于像只小犬
蜷缩在我的床前
而当我将闭上眼睛的时候
他竟然又掏出笔来
煞有介事地写起了
一些分行的句子
我恼了　一下勒住了他的脖子
这下　我彻底醒了

2011-12-14

杀死梦

最近老休息不好
医生给我开了一瓶中药
说明书告诉我
它不仅健脑补肾
还能把多梦的病治掉

可杀死噩梦
让我对一切不再痛苦
可杀死美梦
让我对一切不再幻想

那就杀吧
把我夜晚的梦全都杀掉
我的白天的梦
早已被统统杀掉

2011-11-18 日凌晨

我的颠倒黑白的生活

多少年了
我已习惯在凌晨四五点睡觉
当城市制造出满街喧哗
我的世界仍是夜晚的寂静
车水马龙中的
报怨愤怒激动或者兴奋
都与我无关
我与周围的世界
在彼此里死去

我的清晨从中午开始
走出家门
我看到　旭日在头顶苍白
晨练的人们正从公交车里挤出
我听见　各种机械撞击出
百鸟齐鸣
一辆乳白色的120呼啸着
将新鲜的牛奶沿街派送

2011-11-13

无忌

在小学门口
我看见低年级的孩子
正在操场上等候着放学的命令
他们穿着同样的校服
一张张欢愉的小脸蛋上
也看不出有任何的不同

家长们正候在校外
这里面有师傅　也有老总
有处长　也有民工

放学了
一个孩子飞快地跳上三轮
兴奋地说
“爸爸，什么时候我们
也能有一辆叫奔驰的车子”

2011-11-13

发财

她边哭边数
边数边哭
每张点过的钞票
都沾上了她的泪水
因情不自禁
她不得不几次停下捻动的手指

对面的领导
表现出最大的耐心
等着
她费劲地说出“一张不少”

这个农妇
她从未见过这么多钱
也从未敢想将来会有这么多钱

她的尽吹牛皮的窝窝囊囊的男人
背井离乡多年
现在终于用命
兑现了要发财的诺言

2011-11-06 凌晨

高速路在小村庄间穿过

一条高速路将小村庄拦腰折断
它的两侧种上了密密麻麻的树
和牢固的铁网

村民们下地常会在路下涵洞通过
或是在雨天　两脚烂泥
在下面躲躲雨
顺便想象一下头顶上的轮子
是如何飞速地转着
除此之外　与他们毫不相干

我幻想有一天　高速路上
发生了大拥堵
挤成疙瘩的车辆们十日不动
这时　会有村里的妇女儿童老人
钻过树林　扯开铁网
用干粮鸡蛋腌菜和带苦咸味的开水
换取车里人的零钱　甚至是大票
并且还会有白白净净的人按下车窗
笑嘻嘻地伸出手
摸一摸满眼好奇的村娃的脖子

2010-07-07

寒冬中的白菜

冰天雪地里
他们一颗颗牢牢抱紧自己
第一层抱紧第二层
第二层又抱紧第三层
一直到最小的孩子

菜农穿着厚厚的棉衣
把自己裹成最大个的白菜
他手持砍刀
要赶在再一场雪前
把一颗颗白菜接回家

暴雪后白菜卖出了好价钱
一大颗就能换一根老板手中的烟

大白菜们挤上拖拉机
要一起到城里去
从大市场到小市场　再到
小街小巷的叔叔阿姨手里

大白菜被一层层剥光
地头扒两层

进市场扒两层
递到手里再扒两层
爷爷老子都被抛弃了
只剩下孙子
最终进了城里温暖如春的屋子

这些鲜嫩的白菜
是这样白白净净
每一刀切下去
都会有鲜白鲜白的汁液浸出

2009-11-17 零时

暴雪后他们都在抢收菜

一场暴雪后天寒地冻
妻子说大冷天别出去了
外边还在闹甲流
就在家上上网玩玩游戏
到乐园里去收收咱们的蔬菜
我看到开心农场里一片繁荣

然后我驾车到报社上班
这天晚上
我编发了一个
冰天雪地里
菜农们抢收大白菜的消息

2009-11-25

一场雨让花瓣们改变了状态

有的落在地上
有的还没有落到地上
有的还在树技上

2008-04-23 凌晨

自　语

自语

我弄脏了这支精致的笔
笔下清晰的墨
墨下这平展的纸
和纸下这张原木色的桌子

桌子后面这洁白的墙
墙围成的方方正正的房子
房子里面的空气
空气中的飞虫
我都弄脏了它们

我弄脏了这首诗
和诗的名字
名字上的两个字
我一伸手弄脏了它们
一张嘴弄脏了它们
一动脑也弄脏了它们

我诚惶诚恐
是一只蚯蚓
（我弄脏了蚯蚓）
在黑暗与垃圾中穿行
又弄脏了黑暗和垃圾

2004-10-08

海边

几次到海边
渤海东海和南海
远眺或近观

海
清澈　浑浊
碧绿　蔚蓝
皆汹涌澎湃到无边

尝试着靠得更近
伫于潮边
是否已溶于海
我问海　海不屑
仍汹涌澎湃到无边

2003-07-07

渺小的孤独

在大树下面
生长一棵草的孤独
在高山脚下
寒冷一粒石的孤独
在东海岸边
颤栗一滴露的孤独
在繁星辉中
迷惘一只萤的孤独
在苍鹰影里
孤独一只雀的孤独
在博大的孤独面前
受伤一个渺小的孤独

2003-09-11

我很可能是另一个人

如果那天我晚了一步
如果那时我多写一字
如果那回我没有回头
如果那次我也举手
如果如果……

我会不会是另一个人

一个我仰慕的人
我崇拜的人
我渴望成为的人

一个我讨厌的人
我鄙夷的人
我咬牙切齿的人

2003-11-29 凌晨

妄想

小时我曾那么善于幻想
夜半迷着眼躺在床上
25 岁当乡长　30 岁当县长　35 岁当市长
25 岁就有钱　30 岁小财主　35 岁大富翁
25 岁当作家　30 岁当主席　35 岁诺贝尔奖
今年我 34 岁
有些未老先衰

2003-11-29 凌晨

忍痛

有阵肚子痛
先用去痛片
后用阿托品
再用热水袋
又用红糖水
最后靠硬挨

有阵脑袋痛
先用脑清片
后用西比灵
再用气功掌
又用长短针
最后靠硬挨

时常长口疮
先用冰硼散
后用维生素
再用西瓜霜
又用意可贴
最后靠硬挨

2003-11-29 凌晨

年华虚度

我知道人最宝贵的是生命
时间是生命的单元
一寸光阴远胜过一寸黄金
而我却浪费了大部分时间
少部分利用起来的时间
也只是用十寸光阴
换得一寸金钱

2003-11-29 凌晨

脑子是我的

上臂掉了能活
下肢能换成假的
内脏包括心脏都可移植
肌肉可以调整岗位
皮肤能够颠倒黑白
脸可以整成另一个
这些都可以不是我的 唯一
脑子是我的

2003-12-19

梦中的绿

我曾一次次梦到那绿
好像是一座山上披满了植被
我一次次梦到
那极致的绿
让我每次梦醒都如伤心后的酒醉

那绿
那极致的绿
一尘不染的绿
我只能用这样俗气的词形容她
我找不到更恰切的文字

我去过泰山
去过华山　恒山
还有玉龙雪山
这些绿只能是有点像
仅仅是有点像而已

我梦中的绿
让我每每想起她
就如同患了绝症一般

2004-08-18

洗手间是呕吐的好地方

洗手间是呕吐的好地方
离酒桌不远
也不会被太多人看见
翻江倒海后
浊物可迅速冲掉
就如一场疾雨当即消灭车祸现场

我曾痛痛快快地吐过几次
漱漱口　洗洗脸
然后就又像好人一样

2004-11-13

深夜

拧不紧的水龙头
一次次上演着逃亡
水滴们挣扎着相继跳下
水泥地上顷刻绽放

电扇像削面的大刀
片片清凉落在腿上
两只蟋蟀还在砖缝里
窃窃预谋

钟表按部就班吞噬着时间
嗒嗒嗒地打着饱嗝
楼上有鞋底与地板的磨擦
像觅食的蛇在干麦秸上滑过

无眠已四面楚歌
我被自己弄得有些恐慌

2005-08-11

让我们晒晒太阳吧

天依然很冷
最高温度也在零度以下
还刮着些北风
但阳光是那么明媚

让我们去晒晒太阳吧
找个背风且人不太多的墙角
我们抄着手　眯起眼睛
直到闻出棉线上散出焦味
上小学时就听老师说过
多晒晒太阳
不长虫

2005-12-05

我的几句诗

我作过几句诗
请允许我盗用了“作”这个字

我作了几句诗
我盗用了汉语字典的文字
和剽窃了文化典籍中的词
然后用我体内的腥咸
把它们焊接起来

几句诗　几句不堪一击的诗
像一辆外观还过得去
勉强拼凑在一起的车子
我小心翼翼地驾驶着它
怯生生地在外壳上写上
made in luowu(雒武制造)

我谨小慎微地驱动着它
笑脸对着路边的每个鲜花和铁锤

2006-05-13

我的双胞胎兄弟

我一定有一个双胞胎兄弟
我和他同年同月同日又同时出生
我们拥有同一个名字
我们吃一样的奶水
穿一样的尿裤
长一样的模样
连爹妈也无法将我们分出

我们一起长个
一起牵着手上学
坐在同一个桌前
书包课本作业本用具都可以互换
考试协同作战
打架一起出击
我们遭受老师同样的批评和教育

长大后我们可能会分开
但我们想念时会同时摸起电话
在A城我做恶梦
他在B城心惊肉跳
在B城他有喜事
我在A城陡然欣喜

某一天邂逅相遇
我们面带同样的表情
身着一样的服饰

我们一起变得苍老
额头上也一起长起同一条皱纹
最终再一同携手老去
老前　我们找了一对双胞胎姐妹成家
并各生一对双胎胞孩子

2006-11-21

我要把白天弄得跟黑夜似的

凌晨下班
清晨上床
整个上午都在睡觉
我要把白天弄得跟黑夜似的

要拉上所有的窗帘
让光线暗下来再暗下来
要关闭所有的门窗
使声音小一些再小一些
要关掉手机
好将所有的信息挡在外面
我把白天弄得跟黑夜似的

为了日趋衰弱的神经
和我的睡眠
还有我的白日梦
我不得不把白天弄得跟黑夜似的

2007-05-21

这下我发大了

他们说　睡不着的时候
可以数羊
一只羊　两只羊　三只羊……
一直数到睡着为止
今年是羊年　今年羊很贵
一夜工夫
我的羊已无边无沿

2015-03-11 凌晨

病床上的时间

一根非常短小的金属
就足以把你搞定
你被绑架在床上
接受注射的执行

细长的导管是条盲道
从天而降的化学分子牵手而行
滴答　滴答
这透明的液体
像亲人无声的眼泪
像一柱许愿的高香簌簌落下的灰
又像冬夜被片片打下的叶子

滴答　滴答
它们如此均匀地滴答
是沙漏里流下的沙子
是一块块被切碎的时间

它们进入你的静脉
流经你的心脏和全身的血管
它们和病痛纠缠在一起
让你把这段病榻上的时间
记得格外清晰

2011-12-10

石头有足够的时间

随便捡起块石头
就是我们的老老祖宗
它们幼小的也几万几十万岁
年长的比恐龙还老

它们习惯于岿然不动
冷眼看我们从生到老
它们暂且不动
它们有足够的时间

山动地摇　泥流海啸
或是慧星来袭
它们就会揭竿而起
炸弹般射出　石破天惊

有时　石头又会成为我们的用具和武器
有时　石头又会进入人类的艺术
石头有足够的时间
像石猴大圣成为一切

如果我们剪辑石头的一生
我们看到的将是疯狂的石头

看到它们胸中的从未冷却的岩浆

如果你生而有幸
你能看到一块石头发芽
如果你死而有幸
也会变成一块石头

2011-12-10

谶语

他们说
诗歌是诗人和上帝的对话
而我的诗
只是些我面对上帝的自语
如果上帝您有意无意听到了它
我想向您乞求一句
在您面前
我只是一个少不更事的孩子
如果我说出了一些不吉利的话
请千万不要让它们成为谶语

2009-11-10

五秒钟的前世与今生

我脑子一片空白
在妻子让儿子将我
从昏睡中叫醒的时候
我脑子一片空白
足足有五秒钟

这个孩子是谁
那个女人是谁
我又是谁
今夕何夕
这又是在哪里

这短短的几秒
我仿佛回到了前世

但很快
一切又都清晰起来

只需一瞬
我便弄清了我与周围一切的关系
我得赶紧洗一把脸
赶紧收拾一下

然后匆匆去上班
去挣钱　去养家糊口
去忙碌这一辈子的事情

2008-12-10

明 白

明白

四岁儿子问一百是不是最大
我说不是　上面还有一千
儿子问一千是不是最大
我说不是　上面还有一万
儿子问一万是不是最大
我说不是　无穷大才是最大
儿子又问无穷大又是多大
我说这个这个　你大了就会明白

事实上我这么大了还是不明白
只是不会再像儿子那样追问

2005-03-01 凌晨

孙子

孙子顷刻被三双手制服
任鼻涕一把　眼泪一串
哭声动地　求饶震天
恐怖的利器依然毫不留情地刺入肌肤
三双手一双是爷爷　一双是妈妈
还有一双是被责令叫做阿姨的护士

从小到大　从大到老
一双双手　一双双看不见的手
多少次将我们牢牢制服
我们不一定有病
我们变得越来越乖

2003-07-25 凌晨

马路

城市路上没马
城市的路却一直叫做马路

我渴望有马
起码有一匹
白马　黑马　灰马
最好是枣红马

突然一天
这匹马来到七大马路
他经过新闻大厦
经过银座商城
经过泉城广场
经过趵突泉公园
经过玉泉森信大酒店
经过育英中学

我就在新闻大厦
我第一个用嘶鸣般的嗓音
向整个城市报道
看——
马路上
一匹马

2004-04-11

一段时间

大巴在堵车
堵了好久还堵
乘客们都要挨过堵的时间

同座女士看《民国三个杰出女性》
见缝插针充电
邻座妇女谈论孩子
交流培育后代经验
后面一个中年打盹
节省了上班睡觉时间
前面青年和上司攀谈
加深了彼此感情
还有一男一女半遮半掩说笑
因此多了一分幸福之感
司机高一声低一声骂道路他娘
去去怨气少了疾病

而我无所事事
不看不谈不睡不笑也不骂
甚至对烦躁也已厌倦
就这样　我又白白丢掉了一段时间

2004-05-14

动物世界

人并非都是
由猿或某一种动物变成的

有的爱吃水果
猴子变的
有的爱吃萝卜
兔子变的
有的爱吃肉食
老虎变的

有的吃苦耐劳
黄牛变的
有的好吃懒做
肥猪变的

有的胸怀宽广
大鹏变的
有的鼠目寸光
耗子变的

有的美丽文静
小鹿变的

有的生性风骚
狐狸变的

有的温顺善良
绵羊变的
有的凶狠残忍
豺狼变的

有的敦厚朴实
大象变的
有的阴险恶毒
毒蛇变的

2004-08-30

温度

一群科学家在商量　怎样
把过多的人迁移到火星
当然首先考虑的是如何
救活这颗冷酷又死寂的星球
他们最终得出共同结论
唯一办法就是给它温度

这个星球　这个和地球同为46亿岁的星球
不知死去已多久
表面是零下六十度的严寒
地下石缝间是沉睡亿万年的坚冰

要给它温度　更多的温度　再多的温度
于是最终　冰成为水　水成为云
云成为雨　雨和水汇成海
石头变成土壤　土壤和海一起孕育出生命
于是这个冻僵的星球　像一个冻僵的人
慢慢苏醒过来

2004-11-10 凌晨

广场上的小狐狸

像只疲惫的宠物犬
小狐狸温柔地依偎在
深深爱着她的蒲松龄脚边
这相依为命的爷儿俩
作为名流被安置在
泉城广场文化长廊一侧

人流像河在长廊间流过
导游关于桃花运的理论
让小狐狸的耳朵被揪摸得铝亮

2004-11-15

制造雪人

雪后我和孩子制造雪人
我们共制造了两个
一个高的　一个矮的
一个胖的　一个瘦的
一个俊的　一个丑的
一个笑的　一个哭的
一个像是幸福的　一个好似受罪的
孩子说他们不是雪人
他们都是人

我想　如果他们是人
那么我们就该是上帝
如果上帝是我们
那么我们就是雪人

2004-11-28

两个城市

我工作的大城市南高北低
我家所在小城镇北高南低
这使我常常因错觉而丢了方向

工作了 10 年　我还习惯
以家乡的视角判断南北
结果往往距目的地越走越远
不得已　我学会了死记地方

有一天回家
我惊异地发现　老家的地方
现在也必须靠死记了

2005-03-09

控制快乐从娃娃抓起

教儿童画的常老师
让孩子们画一个快乐的脸谱
就是把快乐画到一个大大的脸上
孩子画完了　无非就是些
好吃的东西　喜欢的玩具
还有好玩的活动和游戏

给孩子快乐就是这么简单
而我们时刻在注意控制快乐的次数
好吃的太多担心偏食
玩具太多又顾虑浪费
太多的玩乐惟恐将来会没有出息
就这样　控制快乐从娃娃就抓起

2005-05-25 凌晨

在高空中望下去

在高空中望下去
我看到无际的平原　连绵的山脉
以及碧蓝碧蓝的水域
我与她对视
对视
对视

她那么宽广而又沉静
我被一点点挤压成一颗尘埃
直至惊悸起来

大地　我知道你是我的母亲
你只给我百年的一瞬
我终究只是你怀抱中一把泥土
也终究要和那些爱我和害我的泥土
交融在一起

2005-10-28

听老刀谈法律是恐怖的事情

老刀是个广东诗人
第一身份是名公安
说起话来有些像山东人
“嗒嗒嗒”胸膛扫射出炸响的子弹

听老刀谈法律是恐怖的事情
不仅是因为他说的事件
尤其他喜欢拿说话的人打比喻
“比方你偷了别人的东西。”
“比方你抢了别人的东西。”
“比方你杀了人。”
“比方你被偷了。”
“比方你被抢了。”
“比方你被杀了。”

听着听着
好像这些比方都变成真的
让我这个自觉有些经历的人
也害怕起来

2005-11-10

我没见但我相信这是真的

手机短信再次响起
信息中心向我报道又一起车祸消息
这是在清晨
几条高速路同时有雾

我没见　我还躺在我的被窝里
但我相信这是真的
只是不知
这次又是怎样的一辆车或几辆车
又伤亡了几人

2005-12-29

电梯里突然安静下来

电梯里突然安静下来
当那个和大家谈笑风生的人走出电梯
电梯又关闭之后
安静得让大家很不习惯
安静得使每个稍不均匀的呼吸
都会被周围的人听见
刚才的一切就像从来未发生过
好在电梯里的时间不长
大家都先后安静地　安静地离开

2006-03-19

默契

七点准时醒来　八点送下孩子
八点一刻上了班车
中间右侧是我固定的位置
出门进门警卫总向我们敬礼

“一个面包”像输入命令
食品部老兄准确无误地递给我
净重百克价值一元五的椰奶“古德”

电梯打开
领导先进　其次长者　再是女士
打开电脑
倒上白水翻开报纸汇报工作
接手机打电话路上奔波
请吃吃请　被邀请遭拒绝
脸上肌肉准确地向左向右向上向下

晚上我一敲门
我的老婆　会用同一个动作
为我把家门打开

2006-03-29

盯着一幅巨幅宣传画像

你伫立在繁华的城市街头
以一幅巨幅宣传画的架势
无视一批又一批过往的人群

美容师　服装师　摄影师　造型师……
让你的装扮穿着神情姿势以及所有
人们能看到的表面的一切
都恰如其分得不折不扣
你无视一切
从早到晚　从夜到昼
直到我的出现

直到我在你面前停留下来
直到我一直将你盯下去
盯下去　一直盯下去
就像石子盯上飞鸟
就像水滴盯上石头

盯下去　一直盯下去
最终你会憋不住失声而笑
还是战栗着仓皇而逃

2007-01-19 晚

这里肯定发生了什么

我匆匆赶路
只看见路边围着一群人
且人越围越多
这里肯定发生了什么
有人在兜售奇货?
在表演特技?
还是有人在打架?
可能有人受了伤　甚至死亡
或者更预想不到的什么

我匆匆赶路
只看到几个人在窃窃私语
在商议或预谋什么
是让人欣喜　惊奇
还是让人愤恨　恐怖的事情

我匆匆赶路
只看到一个人的背影
不知是一个认识的人
还是一个陌生人
也不知他将要去做什么

我匆匆赶路

总是会看到一群人　几个人　或一个人

2007-07-02

与一条未拴的大狗迎个对面

凌晨下夜班
走在昏暗空旷的小路上
突然与一条未拴的大狗迎个对面
它小跑着冲我而来
它的主人远远地跟在后面

显然主人是想在无人的时候
让它好好地撒个欢
我心头一紧
不知道这个整天被勒着绳索的家伙
一旦毫无羁绊
会对陌生人是个什么表现
是对人变得非常亲近
还是突然亮出它藏了许久的利齿

我故作镇静
默念着迈步向前
越来越近　近在咫尺
它嗖地一声

在我身边一闪而过
还好　老天

这个畜牲对我
不亲不疏　视而不见

2015-02-08 凌晨

我们都憋着不笑

他最近春风得意
而我却弄个倒数第一
他表情非常庄重地
来安慰我
但隐藏在脸角很深的一丝笑意
还是被我捕捉到

干嘛憋着
想笑就笑吧
我都快憋不住
要笑了

2013-12-11

偶然看到一个很多年前的通讯录

他们不分男女老少
不分贵贱高低
不分敌友亲疏
拥挤在同一个文本上

除了名字　他们身后还有
单位　职位　电话以及备注

如今身后的东西几乎都已变化
不变的仅剩
他们的名字

2013-12-10

神像

原来的一尊突然倒掉
我们需要尽快地再塑造一尊
它所用的材料
哪怕是一滩扶不上墙头的烂泥

这样有一个在上面的东西
可以让我们跪拜在一起　这样
我们的心里才会踏实一些

2012-03-17 凌晨

那风雨中到底发生了些什么

晚睡的人只是听到些杂乱的声音
早起的人也仅仅是看到些残枝和败叶
大家很快都知道了昨夜来了场风雨
却没有人知道
那风雨中到底发生了些什么

2012-03-17 凌晨

她们不知道风向哪个方向吹

当一株蒲公英成熟
她注定要和姐妹们一起
离开母体　而此时
她们无法知道　风是向哪个方向吹

2012-03-17 凌晨

这个时候，总有一些人让你记住

这个时候　总有一些人让你记住
有人给你送来一块炭火
有人给你递上一根稻草
也有人向你扔来一个铁针
还有人向你沉下一块石头

这时候　你往往把某些人
或某个人
就当成整个世界
时而热泪盈眶
时而极度心伤

其实爱你的人　一直在想着爱你
害你的人　也一直在寻找着机会
只是这个时候
你会把一些人深深记住

2011-12-29 凌晨

老岳母收藏了一本我的诗集

我的老岳母是个农村妇女
没有多少文化
除了老戏　对艺术也一窍不通
她多病的老眼看报纸都很困难
她却收藏了　一本我的诗集

我的诗集　一本进不了书店的野书
一些别人不愿读不屑读的文字
那里有我的快乐和幸福
更有我的孤独和伤痛
还有我和她女儿的爱情

我不知岳母是否读过它
但我相信
因为关心　因为有爱
她只要揭开那些纸张　就会
摸到那些字句不息的脉动

2011-12-12

无车日

让未出门的都放在车库
让已出门的都原地停住
让尾气都还原成石油
让刮擦和碰撞立马打住
让人们都走出钢铁
让车辙都变成脚步

让中年夫妻像情人
挽起手臂
让年轻人跟着老年人
一起跑步
让富孩子拉着穷孩子的手
走向学堂
让幼儿们在奔驰宝马间
捉会儿迷藏
让滑板冰鞋自由穿梭
让文艺青年路中央来段街舞

让那个盲人走下盲道
让横过马路的婆婆扭起秧歌
让交警叔叔们都去公园度假
让的哥的姐们都去超市购物

让首长和司机并肩闲聊
让陌生人和陌生人在路口
打起招呼

让鸟儿从原野飞上法桐
让蜂蝶在绿化带间追逐
还有让所有的钟表都慢下来
好让这一天的时间变得更长

2011-11-13

所有的一切

都向我后面退去

所有的一切都向我后面退去

很久以前　物理老师就对我说过
运动是有参照的
比方你在行驶的火车上
对于火车你是静止的
对于外面的东西你又是运动的
同样如果以你为参照
车外的一切东西又都是向后运动的

20 多年后的今夜　我突然就这样想
可能我一直就是在静止的
而所有的一切都在向我后面退去
过去的时光　心中的记忆　逝去的朋友
还有一切曾看到　听到或触摸过的东西
他(它)们都义无反顾地
匆匆向我后面退去
一直退到我永远无法企及的地方

2007-07-02

家在铁道边

家在铁道边
夜深人静时
就清晰感觉到
列车辗过铁轨的震颤

梦被突然震碎的夜
我就在漆黑的床上倾听
列车半闭的窗半明半暗
像欲睁还睡的眼
连成长排　呼啸而过

列车上载着多少人
他们是谁
他们去往哪里

我相信
有一次
车里面肯定有过
我的朋友 或朋友的朋友
我的亲人　或亲人的亲人

我不睡　我还会
听到一列　一列　又一列

2003-07-08

读秒

南屋一座钟
北屋一座钟
客厅一座钟
夜半不能寐
就听滴答声
像是在读秒
10、9、8、7、6……

2003-11-29 凌晨

火车

火车以100迈的速度
将一车皮一车皮的人
驶近我　又远离我

火车呼啸而过
只给我几秒
它从没有停下来
我看到
枕木梆硬　铁轨生疼

火车上有一千个人
这是我不用看也知道的
他们穿不同衣裳
操不同口音
也怀着不同的心事
表情冷漠而僵硬

这样的火车
驶近我　又远离我
它们一次又一次提速

2004-03-24夜

打发时间

早晨我用懒觉打发时间
上班路上我用偷窥美女打发时间
等公交车我用手机游戏打发时间
公交车上我用闭目养神打发时间
办公室里我用电脑笑话打发时间
坐便器上我用报纸新闻打发时间
午间我用扑克象棋打发时间
晚上我用电视节目打发时间
周末假期我用吃喝聊天打发时间

我总感到很忙
所有时间已安排满了　等着我去打发
时间就是生命
这个我二十年前十五岁时就懂
我已开始注意健康以及安全
好能让我还能有三十五年的时间
供我好好打发

2004-09-06

满地枫叶

这是北国初冬的一天
阳光明媚　且北风凛冽

此前我只见过几次单片的枫叶
多年前我送给一个女生的卡片上
一只枫叶火炬般燃烧着
去年教师节一个学生将压膜的枫叶
寄给我
有个朋友还把枫叶当做了书签
一用就是几年

今天　我在一个城市的植物园
竟看到了满地的枫叶
他们在游客的脚底和裤管间穿梭

2004-11-24 夜

走过婚纱影楼

每天走过婚纱影楼
我看到离我飞逝而去的岁月

那个多年前我坐的椅子
总不断地有新人坐着

一个走了　又一个来
偌大的落地橱窗
依然宽敞洁净鲜活

每天走过婚纱影楼
我看着世界永远年轻
自己一点点衰老

2006-05-19

再长的时间也就是那么一晃

班车上小章说
真快啊　一晃一个月就过去了
生日 party 上小董说
真快啊　一晃一年就过去了
同学会上老陈说
真快啊　一晃十年就过去了

一晃十年　一晃二十年
一晃我就 37 岁了
再长的时间也就是那么一晃
何况人这苦短的一辈子

2006-11-05

十几年我的老家已面目全非

不是一再提醒
我不能想象这就是我的老家

挖陷人坑的地方全已覆盖上沥青
一条高速路在童年的果园上蛮横
成排的房子都拉上了院墙
屋顶上也没有了烟囱
牧草地都种上了庄稼和大棚
人也全变了
孩子都成了大人
大人有的已没了

十几年我的老家已面目全非
我不是伟人或者名人
没有人肯保留我的故居
或一粒我曾把玩过的石子

2007-05-02 凌晨

外祖父的躺椅

所有的记忆
都似地表面的水
一点点渗下后全被掩埋

我对祖父的记忆
如今只剩下一把躺椅
一把放在高高门槛内
足以让一个五六岁的孩子完全躺下去的躺椅

三十多年了　我一直固执地认为
那把躺椅还一直在原来的地方摆着
这样有一天我跨过那道门槛
在那把躺椅上躺下的时候
所有的记忆就会从一个裂缝里
突然喷涌出来

2007-05-02 凌晨

一直相对下去

与一棵树
一直相对下去
最终是树变成一截朽木
还是我脚趾上扎出深根

与一块石
一直相对下去
是我最终变成化石
还是石头长出双臂
与我相拥而泣

2007-08-01

阴谋

一个偶然
我回到了分别十多年的校园
它就像一个干蘑
挤压在城市的一隅
一切竟然都未改变

那楼体
那楼体下的树
和树下的石凳
一切竟还和从前一模一样
还有三楼大窗户后的帷幔
好像十多年压根就没动过

接下来会不会突然
走出一个你来
这一切多像是一场
阴谋

2009-11-09